Rintscher Vertäll

V

Bibliographische Information der Deutschen Nationalbibliothek
Die Deutsche Nationalbibliothek verzeichnet diese Publikation in der
Deutschen Nationalbibliographie; detaillierte bibliographische Daten

© 2014 Bernd-Jürgen Henk

Idee und Realisierung by hb
Umschlaggestaltung und Layout: Sascha
Umschlagillustration: Hinterglasmalerei Gereonsplatz
(früher: Neumarkt) in Viersen-Rintgen von Bernd-Jürgen Henk
Herstellung und Verlag: BoD-Books on Demand, Norderstedt
ISBN 9-783743-139046

Bernd-Jürgen Henk

Rintscher Vertäll V

Wat et all jöev | Was es alles gibt

Inhaltsverzeichnis

Nr.	Titel	Seite
	Vorwort	8
01 -	Der Clown	10
02 -	Der „Alte Markt"	14
03 -	Die Schreckschraube	18
04 -	Der Schmerz	22
05 -	Die Steuer	26
06 -	Die Geisterbahn	30
07 -	Das Kaffeekränzchen	34
08 -	Uhren und Glocken	38
09 -	Der Topf	42
10 -	Der Schaufelsprung	46
11 -	Der erste Schnee	50
12 -	Der Fernsehapparat	54
13 -	Die Streiterei	58
14 -	Die Eisenbahn	62
15 -	Weihnachten	66
16 -	Nachwort	74

Wat doa d'ren schteet

No.	Dii verschaie Schtöker	Sii-e
	Vörwoert	9
01 -	Deä Kloon	11
02 -	Deä „Alde Maart"	15
03 -	Dii Schräkschruuv	19
04 -	De Piin	23
05 -	De Schtüer	27
06 -	De Jeesterbaan	31
07 -	Deä Kaffeeklatsch	35
08 -	Kloke un Jloke	39
09 -	Deä Pott	43
10 -	Deä Schöppeschprong	47
11 -	Deä öerschte Schnii-e	51
12 -	Dii Flimmerkee-is	55
13 -	Dii Schträevelai	59
14 -	De I-iserbaan	63
15 -	Halleluja	67
16 -	Noarwoert	76

Vorwort

Das Buch Nr. 5 ist nun auch fertig geworden. Es sind fünfzehn
aus dem Leben gegriffene Geschichten.
Angefangen mit dem Clown, über den Alten Markt bis zum Weihnachtsfest.

Oft spielt ein Stück Satire mit,
die verschiedenen Standpunkte
ein wenig anders zu sehen.

Beim Lesen werdet ihr feststellen,
dass die Erzählungen bunt durcheinandergehen.

Damit jeder die Storys insgesamt versteht,
ist nicht jedes Wort in Dialekt,
eins zu eins in hochdeutsch wiedergegeben.

Jedenfalls wünsche ich euch viel Vergnügen.

hb

Vörwoert

Dat Book No. 5 ös nue ooch värdich jewoarde. Et send fijftii-en,
uut et Leäve jejrii-epene Schtökskes.
Aanjevange möt d'r Kloon, d'r Alde Maart
bös et Kresmesfeäs.

Döks schpölt ö Schtök Satire möt,
dii verschaie Denge
ö pinke angersch uutsii-en te loate.

Be et leäse könt ör voasschtälle,
dat deä Vertäll wär bongk dureen jeet.

Doamöt jeder dat beäter bejrii-epe deet,
ös dat ensjesamet neet Woard vör Woard,
jliik wiijerjejeäve,

Ech wönsch üech veel Plesii-er.

hb

Der Clown

Viel Arbeit ist es, Spaß zu machen,
der beste Lohn ist, dass alle lachen.

Freude kommt von Innen her,
lachen ist doch nicht so schwer.

Auf dem Markt hängt ein Plakat,
der Zirkus kommt morgen in die Stadt.

Und jedes Kind, das freut sich schon,
wegen der Tiere, der Artisten –
und „Pipo" dem Clown.

Die Musik spielt – der Vorhang fällt,
ein Tusch – und Pipo kommt ins Zelt.

Auf der Bühne sich präsentiert,
steht der Clown dann kostümiert.

Buntbemalt ist das Gesicht,
und der Mund scheint doppelt breit -
in dem hellen, grellen Licht.

Deä Kloon

Vüel Ä-erbet ös et jäk te duu-en,
un laache ös d'r beäste Luu-en.

Vroit' dii kömp van bönne heär,
laache deet toch jeder jeär.

Op deä Maart hängk ö Plakaat,
d'r T'sirkus kömp morje en de Schtat.

Un jedes Kengk dat vroit sech schuu-en,
weäjens de Dii-ersch, de Artiste –
un „Pipo" deä Kloon.

De Musik dii schpölt – deä Vöerhang vällt,
´ne Tusch – un Pipo löpp duur dat T'sält.

Op de Büün sech präsenteert,
schteet deä Kloon due kostümeert.

Bongkbemoalt ös dat Jesee-it,
un deä Mongk liik dubbeld breet.

Auf dem Kopf ein alter Hut,
Schuhe – so groß wie ein Paddelboot.

Es ist nicht leicht, den Clown zu mimen,
andere lachen – und du musst weinen.

Mit wenigen Worten vielsagend tun,
Gesichter schneiden – wie eben ein Clown.

Eine verbeulte Trompete – die es noch tut,
seltsame Töne – er fasst allen Mut.

Den dummen August machen – Raketen knallen,
stolpern – über die eigenen Füße fallen.

Die Leute lachen mit den Kindern,
fällt der Clown dann auf seinen Hintern.

Zum Lachen findet sich schnell ein Grund,
denn lachen ist doch so gesund.

Geht es dir einmal nicht gut, und fehlt dir dann der nötige Mut, denk' an den Clown mit seinem Hut und es geht dir wieder gut.

Op d'r Kopp ´ne alde Hoot,
jruu-ete Schoo-en wii ö Paddelboot.

Et ös net leet ne Kloon te mii-eme,
angere laache – un du moss jrii-ene.

Möt wenich Wöerd vüelsaarend duu-en,
Jesee-iter schnii-e – wii ä-eves ´ne Kloon.

En verbüllde Trompeet – dii et noch deet,
klöchtije Tüü-en – dat heä sälefs loope jeet.

D'r Paijaas maake – Rakeete knalle,
schtolpere – över de eeje Vööt valle.

De Lüü laache sech kapott,
vällt deä Kloon due op sii-en Vott.

T'se Laache vengk sech jau `ne Jrongk,
laache ös toch sue jesongk.

Bös`se ens schlait drop – dech vält jede Moot, dängk
aan deä Kloon hee –
un et jeet dech wär joot.

Der „Alte Markt„

In Viersen-Dorf – gut tausend Jahre,
der Alte Markt – der war schon da.

Und neben dem Markt so gemächlich,
da floss der Bach hoch oben vom Noppdorf.

An Bauernhöfen; Mensch und Tier,
ließen sich an dem Bach nieder.

Doch umsonst – wie jeder weiß,
ist nur das Sterben und der Tod wie es heißt.

Den „Zehnten" bezahlte man an St. Gereon,
deshalb baute man dort eine Kirche davon.

Schultheiß, Vogt und die Verwaltung,
saßen in den größeren Orten zur Erhaltung.

Finanzamt und das Gericht, taten auch nur ihre Pflicht.

Zwischen Kirche und Kerker – am Pranger gekettet,
saß Einer der etwas verbrochen hat.

Deä "Alde Maart"

En Viiersche-Dörep – joot duusent Joar,
deä „Alde Maart" – deä woar all doa.

Un lans deä Maart sue hoppla hopp,
leep dii Beäk huu-ech uut et Nopp.

Un aan dii Beäk doa leet sech nii-er,
op Buurehöefkes – Minsch un Dii-er.

Doch vör neks – witt jeder joot,
es öt Schtäerve un d'r Duu-et.

D'r „Tii-ende" betaalt aan T'sint Gereon,
d'röm koam doa ii-ersch en Kerk te schtoan.

Schooltais, Voocht un dii Konsorte,
soate en dii jröetere Orte.

Amet un et Jerech, dii-ene ooch maar ö-ren Flech.

Tösche Kerk un Pott; aan deä Pranger jekätt,
soat'er Eene deä jät verbroo-eke hät.

Rund um den Markt in Reih' und Glied,
bauten sie Häuser mit der Zeit.

Viele Menschen kamen zusammen,
für Handel und Glauben – es war ein Durcheinander.

Bäcker, Metzger und Friseure,
Schuster, Wirte und selbst Lehrer.

Und rund um die Kirche – wer kann es verdenken,
lagen verdächtig und eigenartig viele Schänken.

Über den Markt – auf Süchteln zu,
fuhr langsam, quietschend die Straßenbahn.

Dann kam der Krieg mit all dem Leid,
nun kaum noch ein Haus neben dem Anderen steht.

Wie alles im Leben wurde auch dies überstanden.
In die Hände gespuckt und neu angefangen.

So ein Markt kann dir viel erzählen,
aber das geht jetzt nicht auf die „Schnelle".

*

Rongk öm deä Maart en Rai un Jliit,
bouwde'se Hüüser möt dän Tiit.

Ne hoop Minsche koame bejeneen,
vör Hudel un Jlöev – et woar eene dureen.

Bäker, Mätsjer un Frisii-erer,
Schuster, Wiierte un sälefs Lii-erer.

Un rongk öm de Kerk – weä kan et verdängke,
loare verdächtich un klöchtich vüel Schängke.

Över deä Maart – op Söetele aan,
jökeld kwiitschend de Schtroatebaan.

Due koam deä Kreech möt all dat Leed,
un koem noch een Huus näeve dat Angere schteet.

Wii alles öm Leäve woard ooch dat överschtange,
en de Häng' jeschpoit un noi aanjevange.

Sue'ne Maart kän dech vüel vertälle,
äewer dat jeet nu neet op dii „Schnelle".

*

Die Schreckschraube

Von Dingen wo du nicht von kennst,
dir schnell die Finger d'ran verbrennst.

So ist dies meinem Nachbarn gegangen,
der hatte da einst etwas angefangen.

Toni hatte ein Haus, eine gute Stelle,
aber - er war noch Junggeselle.

Und wie das so geht – Jahr für Jahr,
mit der Zeit bekam er schon graues Haar.

Er hatte bereits viele Dinge versucht,
aber keine Frau war ihm gut genug.

Heutzutage mit den neuen Medien,
ließ sich dies vielleicht besser erledigen.

Nun hatte er sich etwas vorgestellt,
ein Fräulein – die was auf sich hält.

Dii Schräkschruuv

Van Denge woa du neks van käns,
dech jlatt de Venger d'raan verbräns.

Sue ös dat mii-ene Nobber jejange,
deä hät doa ens jät aanjevange.

Tüü-en haad ö Huus, en joo-e Schtäll,
äver heä woar noch Jongjesäll.

Un wii dat sue jeet; Joar vör Joar,
möt dän Tiit droach heä all jrii-es Hoar.

Heä haad al sue vüel Denge versoot,
jeen Vromisch woar öm äver joot.

Hüet'sedaach möt noi Medii-je,
löt sech dat flee-its vlott erlediije.

Nu haad heä sech jät vüerjeschtält,
ö Vroike - dii jät op sech hält.

Er „googelt" sich durch die Programme,
und glaubt – nun fände er seine Herz-Dame.

Wundert sich wie schnell das geht,
drei Tage später bereits ein Treffen besteht.

Das Foto war ja ganz präsent,
wenn man nicht die Wahrheit kennt.

Von oben bis unten retuschiert,
die Schreckschraube hatte sich gut maskiert.

Einen Buckel und auch krumme Beine,
hatte Toni zuerst noch nicht gesehen.

Toni fand dann noch dies und das,
sie sprach noch nicht einmal
Vii-erscher Platt.

So grausam kann das Leben sein,
Toni ist immer noch allein.

*

Heä „googelt" sech duur dii Pojramme,
un jlöev – nu hät heä sii-en Hart-Daame.

Wongert sech wii jau dat jeet,
dree Daach laater all ö Deet.

Dat Foto woar joa jonts kontent,
wän man net de Woarheet känt.

Van vüere bös henge retuschii-ert,
dii Schräkschruuv
haad sech joot maskii-ert.

Ne Puggel un ooch kromme Been,
haad Tüü-en et ii-ersch noch net jesii-en.

Tüü-en vongk du ooch noch det un dat,
dii kalled ooch kee Vii-erscher Platt.

Sue jrausaam kann et Leäve sii-en,
Tüü-en ös emmer noch alleen.

*

Der Schmerz

Hier tut es weh' – und dort tut es weh',
vom Kopf bis in den Zeh.

Mit Schmerz wird jeder von uns geboren,
bis zuletzt geht der Schmerz nicht verloren.

Morgens hast du noch gute Laune,
abends steht dann der Schmerz im Raume.

Was Schmerzen sind können die dir sagen,
die sie am eigenen Leib ertragen.

Es gibt so viele Arten von Schmerz,
sie zu fühlen – bricht oft das Herz.

Bereits früh' spüren die Kleinen,
ist die Mutter mal nicht da – fangen sie an zu weinen.

Das Mädchen will sich nicht mehr im Spiegel sehen,
sollt' die „erste Liebe" mal auseinander geh'n.

Und bist du mal eine Zeitlang weit weg,
das Heimweh holt dich nach Hause zurück.

De Piin

Hee deet et wii-e – un doa deet et wii-e,
döks kän'se dech sälefs net mii-er lii-e.

Möt Piin wörd jeder van os jeboore,
bös op et läts joan't de Piin net verloore.

S'morjes häs'se noch joo-e Senn,
et t'soavends dreeste dech de Piin.

Wat Piin send käne dii dech saare,
dii Piin aan't eejene Liiv erdraare.

Et jöev suevüel T'soorte van Piin,
un üeverall ös Leed möt dren.

Kleen Kenger lii-ere et vroi känne,
ös Mamm ens neet doa – vange se jlii-ek aan te Flänne.

Dat Wee-it well sech neet mii-er en d'r Schpeejel sii-
en, jeet ens de „öerschte Lii-efde uutreen.

Un bös'se ens en Tiit lang wiit wäk,
dat Heemwii-e - dech noa Huus wär träk.

Sechs Richtige im Lotto – einmal Glück im Leben,
du hast aber vergessen den Schein abzugeben.

Der hohle Zahn gibt dir zu denken,
mit Schnaps kannst du - den Schmerz nicht ertränken.

Aber der Zahn gibt dir keine Ruh',
dann schlägt die Bohrmaschine – gnadenlos zu.

Bist du mal gefallen – hast dich verletzt,
der Chirurg hat schon die Messer gewetzt.

Dann schneiden sie ab – das verkehrte Bein,
die Schmerzen bleiben – es kann grausam sein.

Und wirst du älter – jehs't dann am Steck',
Halbstarke treten dir die Krücke weg.

Legen sie dich in den Sarg –
du passt aber kaum hinein,

dann drücken und drücken sie –
ja, das können vielleicht Schmerzen sein.

Säes Rechtije em Lotto – eemoal Jlök em Leäve,
du häs waal verjeäte de Schiin aav te jeäve.

Deä hoale Tongk – deä jöev dech te dängke,
möt Fusel kann'se dii Piin neet erträngke.

Äver deä Tongk jöev dech kän Rau,
dann schläet dii Boormaschiin – j'naadeloas tau.

Bös'se ens jevale – du häs dech verläts,
Dr. Pillemann hät dat Mäts all jewäts.

Dän schnii-e se aav dat verkii-erde Been,
dii Piin blii-eve – et kann jrausaam sii-en.

Un wör'se älder – jees aan d'r Schtäk,
Raudiis träke dech de Kröke wäk.

Leäch man dech ens en d'r Sarech –
un du pass neet ö-ren,

dann düü-e un düü-e se –
joa - dat wüere flee-its Piin.

*

Die Steuer

Das Leben wäre nur halb so teuer,
ohne die verdammte Steuer.

Von hier nach da – von vorn und hinten,
irgendeine Steuer lässt sich immer finden.

Und wo keiner und niemand mitzählt,
steht Einer der die Hand aufhält.

Finanzamt, Kirche und Institutionen
lassen sich gern tüchtig entlohnen.

Wenn du meinst es täte ihnen leid,
schicken sie dir einen Steuerbescheid.

Sie vergessen dich nicht – haben mit listiger Macht,
für jeden eine Steuer erdacht.

Lachst du einmal – das wird schnell teuer,
haben sie dich - mit der Vergnügungsteuer.

De Schtüer

Et Leäve wüer maar halev sue düer,
    t'songer dii verdölde Schtüer.

Van hee un doa – van vüere un henge,
    örejes en Schtüer lött sech emmer venge.

Un woa seleävdaach nii-emes möt tällt,
    schteet'ör Eene deä de Hongk ophält.

Finantsamet, Kerk un Inschtutsioune,
    loate sech jeär döchtich entloune.

Un wän'se dängks däne dii-en dat leed,
    scheke se dech wär `ne Schtüerbescheed.

Se verjeäte dech neet – dat wüer joa ooch schaad',
    vör jedem hant'se en Schtüer paraat.

Laach'se ens – dat kömp joa vüer,
    habbe se dech möt en plesiierlike Schtüer.

Mit dem Auto fahren – Musik hören,
auf dich warten bereits die Gebühren.

Polizei und Krankenwagen
würden umsonst ja auch nicht fahren.

Hunderttausende Beamte
meist Leute die man gar nicht kannte,

benötigen im Moment deine „Tsente",
für Pensionen oder Rente.

Du kannst es drehen wie du willst,
und damit den Staat „ans Laufen" hältst.

Das Geld kommt herein – das Geld fliegt heraus,
und das für dazwischen – da legst du es aus.

Und denkst du vielleicht –
das Leben ist aber sehr teuer,

dann kommt oben drauf –
noch die Mehrwertsteuer.

*

Möt et Auto vaare – Musik hüere,
op dech waade all de Jebüere.

Politsai un Krongkewaare,
dont' ömesöes joa ooch net vaare.

Hongertduusende Beamte,
mee-is Lüü dii nii-emes kannte,

bruuke jüstement dii-en T'sänte,
vör Pangsijuone un ooch Ränte.

Du kann's et drii-ene wii de well's,
un doamöt deä Schtaat aan't loope hält's.

Dat Jäld kömp ö-ren – dat Jäld vlüech ö-ruut,
un vör dat doatösche – doa jöev'se et uut.

Un dängk'se flee-its –
dat et Leäve ös toch all ärech düer,

dän jöev et boave dropp –
noch de Mii-er-wäert-schtüer.

*

Die Geisterbahn

Ich hatte nicht mehr damit gezählt,
da sah' ich auf der Kirmes in Krefeld;

wie eine Geisterbahn im Kreis sich dreht,
ich dachte die hätte sich überlebt.

Auf der Löh' – das waren noch Zeiten,
die Älteren werden es nicht bestreiten.

Mit wenigen Groschen auf die Geisterbahn,
der erste Wagen hielt schon an.

Es wurde dunkel – sich ein Schatten bewegte,
als eine Hand sich auf meine Schulter legte.

Du fühlst nur die Knochen – bist mäuschenstill,
dann hörst du das Klappern –
von einem Rippengestell.

Der Wagen saust fast aus der Bahn,
dabei fängt das Gruseln – doch gerade erst an.

De Jeesterbaan

Ech haad net mii-er doamöt jetällt,
doa soach ech - op de Kermes en Krii-ewelt;

en Jeesterbaan em Krais sech drii-en,
dii haad ech lang neet mii-er jesii-en.

Op de Löh' - dat woare noch Tiite,
dii Äldere könne dat noch wii-ete.

Möt ö paar Jrosche op de Jeesterbaan,
deä ii-erschte Waarel heel't al aan.

Et woard düüster – wii en de Nait,
als en Hongk sech op mii-en Scholder lait.

Du vöel's maar dii Knöö-ek – bös müskesschtöll,
dann hüer'se dat Klappere –
van ö Rebbejeschtäll.

Deä Waarel rötsch hoas uut de Baan,
doarbee vöngk dat Jruusele jraat öersch aan.

Die Guillotine macht furchtbaren Lärm,
dann steht da ein Mann – mit dem Kopf unterm Arm.

Hinter mir hör' ich ein Mädchen kreischen,
ich will ihr gerade ein Taschentuch reichen,

da fliegt ein Vogel – es war wohl eine Eule,
schrammt meinen Kopf – ich hatte 'ne Beule.

Ein Gespenst steht plötzlich auf einer Brücke,
ein Mensch läuft vorbei – mit 'nem Messer im Rücken.

Ein Löwe - der groß sein Maul aufreißt,
die Hexe auf einem Besenstiel verreist.

Ein Zug rast direkt auf dich zu,
es war in 3-D – das ist heute so.

Blitz und Donner von allen Seiten Krach,
dann warst du draußen – bevor du's gedacht.

Heutzutage kann ein Fernsehfilm heftiger sein,
eine Geisterfahrt dagegen –
wie eine Fahrt auf dem Rhein.

Dii Jiijutine mäk suo'ne vreeslike Lärem,
dann schteet doa `ne Keäl –
möt d'r Kopp onger d'r Ärem.

Henger mech hüer ech ö Vrolij jrii-ene,
ech well höer net ö Tääschedook lii-ene,

doa vlüech `ne Vuurel – et woar waal en Üel,
lans mii-ene Kopp – ech haad jau en Büül.

Ö Jeschpäns schteet due op ens op en Bröök,
`ne Minsch löpp vörbee – möt ö Mäts en d'r Röök.

Ne Lööw deä jruu-et de Braak opträk,
en Häks vlüech op `ne Bäsemschtäk.

Direktemang raas ene T'soch op dech too,
et woar en 3-D – dat ös hüet ö-sue.

Blets un Donner van lengks un raits,
op ens woar'se buute – bevör du dat dait's.

Vandaach kann ö Fernsii-eschtök däftijer sii-en,
en Jeesterbaan ös doa teäje – wii en Vaart op d'r Riin.

Das Kaffeekränzchen

Kaffee trinken – sprechen und glänzen,
ja – das ist ein Kaffekränzchen.

Zunächst bei Gertrud, bei Josefinchen,
Elisabeth und dann bei Kathrinchen.

Einmal dort, dann hier und immer wieder,
lassen sich die Frauen nieder.

Von oben bis unten – wird sich verglichen,
die Figur noch einmal glattgestrichen.

Der neue Hut, die Perlenkette,
und ein Kleid, dass sonst niemand hätte.

Elegante Schuhe – zeigte Gertrud prompt,
und Sachen wo man nicht drauf kommt.

Farbe ins Gesicht – vielleicht ungewollt,
die dicken Lippen aufgerollt.

Elisabeth hat wieder abgenommen,
wie ist sie nur darauf gekommen?

Däe Kaffeeklatsch

Kaffee drengke un jät Traatsch,
joa – dat ös `ne Kaffeeklatsch.

Ens be Trautsche, due be Fii-en,
dann be Lisbet, due be Trii-en.

Eemoal hee un rongköm wiijer,
loate sech dii Vralets neejer.

Van boave bös onge – woard sech bekii-eke,
de Fijuur jau noch ens jlatt geschtrii-eke.

Deä noie Hoot, dii Pärelkätt,
un dat Kleed dat söes nii-emes hät.

Schtaat'se Schoon – flee-its ooch Pömps,
un Denge – wou du neet drop kömps.

Värefe en et Jesee-it jemoalt,
dii dekke Leppe opjerollt.

Lisbet haad wär aavjenoeme,
wii ös dii blos doa drop jekomme?

Kalorien sind wie Besuch über Wochen,
klammern sich fest an alle Knochen.

Kathrinchen kam mit dem Kuchen herein,
mit „Guter Butter" muss er wohl sein.

Oben drauf – ihr könnt es ahnen,
noch ein dicker Schlag mit Sahne.

Kaffee – aber nicht zu schlapp,
hält das Herz von selbst in Trab.

Gertrud, die Frau von Hubert Korf,
wusste das Neueste zuerst im Dorf.

Wer mit wem – weshalb und warum, die Helene
bekommt ein Kind – der Vater ist auf und davon.

Josefine saß in der Ecke ganz still, war vorher noch
Beichten – weil sie mal in den Himmel will.

Das Kränzchen dauerte drei Stunden,
das ist ganz normal – und wird hier in Viersen als
„Kaffeeklatsch" befunden.

Kalorii-e send wii Besöök,
klammere sech voas aan alle Knöek.

Trii-en koam möt d'r Kook ö-ren,
„Joo-e Booter ös doa d'ren".

Boaven drop – ör könt et Aa-ne,
noch ne deke Schlaach uut Saane.

Kaffee – äver neet te schlapp,
hält dat Haart van sälefs en Trap.

Trautsche möt ör Baabelschnüss,
woas em Dörep et ii-ersch dat Nois.

Weä möt wäm – woröm un wiesue,
dat Leen' krii-et ö Kengk – deä Vaader ös ajou.

Fii-en soat doa un sait net vüel, woar äeves noch
Bichte – ömdat se en d'r Heemel well.

Dree Schtond düerde deä Traatsch,
dat ös schtängknormaal -
un hit hee en Vii-ersche: „Kaffeeklatsch".

Uhren und Glocken

Uhren oder Glocken – beides 'ne Uhr,
am Leib getragen, stehen auf dem Boden,
hängen im Turm oder an Mauern nur.

Die Uhr sagt - wie die Zeit vorwärts geht,
ist es zu früh – oder bist du zu spät.

Die Zeiger drehen sich immer rund,
Sekunde, Minute, Stund' für Stund'.

Es gibt viele alte, antike Uhren,
die werden mit Gewichten und Ketten noch aufgezogen

Uhrmacher hatten früher viel zu tun,
in Handarbeit – für wenig Lohn.

Was ein vornehmer Herr oft mit sich trug,
eine Uhr die er aus der Westentasche zog.

Immer kleiner fertigt man eine Uhr,
mobil am Arm – so trägt man sie heut' fast nur.

Kloke un Jloke

Klok of Jlok – send beed's en Uur,
an et Liiv jedraare, of schtoand op d'r Boo-em, –
hänge en de Tuu-ere of aan de Muur.

Dii Klok säet de Tiit – jonts akuraat,
ös et te vroi – of bös'se te laat.

Dii Wiiser drai-e sech emmer rongk,
en Sekonde, Minüte, Schtond' vör Schtond'.

Et jöev mänije alde, antike Kloke,
dii weärde möt ö Jewee-it un Kätt – noch opjetroke.

Klokemaaker haade vroijer vüel te duu-en,
en Hongksäerbet vör wenich Luu-en.

Wat ne schtaat'se Heer sue möt sech dräech,
deä doide sii-en Uur en de Wäestentaisch.

Emmer klee-inder woard sue-n Klok,
lejeär aan d'r Ärem – ös vandaach deä Luuk.

Der Bauer auf dem Feld –
hört die Kirchenuhr schlagen,
er weiß - nun muss er nach Hause fahren.

Bei einer Glocke kannst du wählen,
sie kann von Freud' und Leid erzählen.

Im Rintgen läuten von St. Josef die Glocken,
die Schweren dumpf – die Kleinen hell und trocken.

Und macht selbst der „Dicke Peter" Krach,
dann ist Ostern und Pfingsten am selben Tag.

Schlägt die Totenglocke lang und trist,
starb ein Mann – wie das so ist.

Wenn für die Frau das „Stündchen schlägt,
bimmelt das Glöckchen so heftig wie's geht.

Und hörst du keine Glocke – wie man ja weiß,
dann sind sie in Rom und essen dort Reis.

*

Deä Buur op et Vält –
hüert de Kerkeuur schlaare,
un witt – nu mod heä noa Heem too vaare.

Dii verschaie Jlok- un Kloke-Jeschtälle,
känne dech van Vroit un Leed vertälle.

Lüü-e em Rintsche dii Jloke van T'sint Jupp',
ii-ersch Een – un dann deä jontse Trupp.

Un mäk sälefs deä „deke Pitter" krach,
dann ös Poaschte un Pengste op eene Daach.

Schläech dii Duu-ejlok lang un deep,
ös ne Moansminsch jeschtorve – wii dat ö-sue jeet.

Wän vör en Vromesch et Schtöndsche schläät,
bimmelt dat Jlökske- sue jau et maar jeet.

Un hüür'se jeen Jlok – flee-its habbe se Kniis,
dann send se en Rom – un eäte doa Riis.

*

Der Topf

Das Wort – nur so daher gesagt,
an welchen Topf hat man gedacht?

Menschen träumen von einem großen Gewinn,
im Jackpot ist das Meiste drin.

Ein Töpfchen ist der kleine Knabe,
steht auf dem Tisch – als Mostert-Beilage.

Münsters Kardinal von Galen,
aß gern Potthast in Westfalen.

Wenn man die Hand vor den Augen nicht sieht,
dann war man wohl im Ruhrgebiet.

Eine Wildsau ist ein schmutziges Schwein,
oft soll es bei Menschen auch so sein.

Die Katze von Schmitz ist fort,
und Wienands haben einen Hasen im Topf.

Deä Pott

Dat Woert – maar sue doahäer jesait,
aan wat vöer'ne Pott hät deä jedait?

Minsche dröeme van ne jruu-ete Jewinn,
em Jäkpott ös et Mee-iste d'ren.

Ö Pöttsche ös deä kleene Bro-er,
van ö Vaat Wiin – möt twee Fuur.

Münster's Kardinal von Galen,
oa-et jeär Potthast en Westfalen.

Woar et buute düester un schwott,
dann woar'se en d'r Koalepott.

En Pottsau ös ö schmeerik Väreke,
döks jont ooch Minsche sue t'se wäreke.

Schmitz'e Hein' sii-en Mim ös vott,
un Wienand's hant' ne Haas em Pott.

Wird zuletzt der Druck zu groß,
dann wär' ein Nachttopf ganz famos.

Im Fußball zählt nur der Pokal,
der Topf – so heißt er überall.

In der Schule ist Fritzchen sitzen geblieben,
er hat Butterbrot verkehrt geschrieben.

Eine Hexe muss ganz hässlich sein,
und doch fiel Hänsel darauf herein.

Heutzutage geht alles flotter,
wie im Kino bei Harry Potter.

Ein Kessel bleibt nicht lang' allein,
ein Deckel lässt sich darauf dreh'n.

In den Knast – das geht auf der Stell',
aus dem Knast – geht nicht so schnell.

Die Töpferei – wie kam ich darauf,
verdammt noch mal – nun hör' ich auf!

*

Un wörd deä Drök op et läts te jruu-et,
dann wüer ne Pinkelpott ärech joot.

Em Fusball tällt maar deä Pokaal,
d'r Pott – sue hit deä üewerall.

Op School ös Fritske sette jeblii-eve,
heä hät Potteraam verkii-ert jeschrii-eve.

En Häks dii mod potthässlik sii-en,
un t'och veel Hänsel d'rop ören.

Hüüt'tsedaach jeet alles vlotter,
wii em Kino be Harry Potter.

Ne Keätel bliiv net lang alleen,
op jede Pott löt sech ne Däkel d'reen.

En d'r Pott – dat jeet döks vlott,
uut d'r Pott – oh Jott, oh Jott.

Dii Pötterai – wii koam ech d'rop?
Pott-verdölt – nue hüer ech op!

*

Der Schaufelsprung

Kühlen Heinrich – den jeder kennt,
war vom Hamm oder Robend.

Gut zwei Kilo haben ihm gefehlt,
als „Frühchen" kam Heinrich auf die Welt.

Klinisch fast schon aufgegeben,
dennoch konnte er weiter leben.

Zwischendurch noch ein Geschehen,
bei Kinder kann das öfter gehen.

Heinrich war in die Niers gefallen,
konnte sich aber noch gerade festkrallen.

Dann kam für ihn der größte Mist,
zuerst die Schule und dann der Kommiss.

Er hat den Krieg noch mitgemacht,
fiel irgendwo eine Bombe -
hatte Heinrich sich schon davongemacht.

Deä Schöppeschprong

Kühlen Hein hät jeder jekännt,
woar uut et Hamm of et Robend.

Joot twii-e Kiilo habbe öm jevält,
Hein koam als „Vroijchen" op de Wält.

Klinisch hoas all opjejoave,
eävesojoot ös heä jruu-et jewoarde.

Un töschenduur noch ö Malöer,
be Kenger kömp' dat joa dökster vöer.

Hein woar en de Nii-ersch jevalle,
kuu-es sech äver aan örejes jät voaskralle.

Dann koam vör öm d'r jrötsde Dris,
ii-ersch de School un due d'r Komis.

Heä haad d'r Kreech noch möt jemäk,
veel örejes en Bomb' – Hein woar all wäk.

Nur zu – Heinrich fühlte sich wie neu geboren,
    es ging aufwärts in den „Fünfziger Jahren.

Heinrich war sich für nichts zu schade,
    bei all dem Pech was er meist hatte.

Eine Vespa, ein Motorrad, fuhr ein Auto stets,
    Heinrich war immer unterwegs.

Das rote Stoppschild hatte er nicht gesehen,
    Heinrich trägt nun ein hölzernes Bein.

Zuletzt ging Heinrich nur noch am Stock,
    hat oft nur noch in der Wirtschaft gehockt.

Trank etliche Gläser Schnaps und Bier,
    fiel vom Hocker und sagte nichts mehr.

Später haben wir an seinem Grab gestanden,
    was ist das mit Heinrich doch schnell gegangen.

Im Leben tat es Heinrich einst oft gelingen,
    dem Teufel von der Schaufel zu springen.

*

Allee hoop – Hein vöeled sech wii noi jeboore,
et jing vöeruut en de „Viftsijer Joare".

Vör neks woar Hein sech sälefs te schaad,
be all dat Päch - wat heä mee-is haad.

En Vespa, Töf-Töf un Knatterkee-is,
Hein woar emmer ongerweäjes.

Dat ruu-e Schtoppschöld neet jesii-en,
Hein drääch nue ö „Hölter Been".

Et läts jing Hein noch aan d'r Schtäk,
soat en de Wii-ertschaf aan de Äk.

Drongk mänije „Köpelkes" Fuusel un Beer,
veel van d'r Hoker un sait neks mii-er.

Laater hant' wör aan dat Jraav jeschtange,
wat ös dat möt Hein toch vlott jejange.

Äver wii döks em Leäve dii-en et öm jelinge,
däm Düüvel van de Schöp te schprenge.

*

Der erste Schnee

Böller knallen – glückseliges Neujahr,
sagen die „Drei Könige" –
Kaspar, Melchior und Balthasar.

Es hatte gefroren – es war eiskalt,
im Ofen glühte und knisterte das Holz aus dem Wald.

Von Geisterhand – ganz ungewollt halt,
hatte jemand – Eisblumen auf das Fenster gemalt.

Leise – in der Nacht – fast unbewegt,
hatte Schnee sich über das Land gelegt.

An Straßen, Häuser und Baumalleen,
überall weiße Flocken –
selbst Tannen verloren das Grün.

Aufstehen! – rief Mutter – raus aus den Betten,
schaut durch das Fenster – seht welch ein Wetter.

Vater hatte den Schlitten schon hingestellt,
dann zogen wir ab zum Baggerfeld.

Dor öerschte Schnii-e

Böller knalle – jlökselich Noijoar,
saare de „Dree Könije":
Kaspar – Balthasar un Melchior.

Et haad jevroore – et woar ii-skoot,
em Oave jlööt un kneestert et Hoot.

Van Jeesterhongk – jonts onjewollt,
haad ii-emes Ii-sbloome op de Vinster jemoalt.

Schtiikum - un en de Nait,
haad Schnii-e sech över et Longk jelait.

Op Schtroate, Hüüser un Bööm,
üewerall witte Floke –
sälefs Dänne verleese et J'röen.

Opschtoan – reep Mam' – ör schloopmöts Puute,
luurt duur deä Raam – on jot jau noa buute.

Papp haad dän Schlede parat jeschtält,
sue troo-eke wör van et Rintsche noar et Baggervält.

Auf den Schlitten setzen – den Lenkriemen stramm,
dann mit Tempo den Berg hinunter von oben an.

Oft gab es Brüche und manchmal Beulen,
die ließen sich kühlen ohne zu heulen.

Nebenan wurde ein Schneemann gebaut,
das konnte man tun – solang es nicht taut.

Die Augen aus Kohle –
eine Möhre wird ins Gesicht gedreht,
auf dem Kopf ein Zylinder – der ihm gut steht.

Jemand rief - „kommt doch einmal her",
da lag zugefroren – der Bebericher Weiher.

Eine Schlitterbahn bis zur anderen Seit',
man fiel auf den Hintern –
es geschah niemand Leid.

Noch ein letzter Blick
um die Wintersonne zu sehen,
dann wurde es Zeit nach Hause zu gehen.

*

Boave dropjesoate – deä Längkreem joot schtraff,
un möt Karacho deä Bärech ö-raff.

Döks jenoch joev et Brüü-ek un Bülle,
dii Tuute leete sech möt Ii-s kööle.

Neävenaan woard ne Schnii-emoan jebouwt,
dat leet sech duu-en – suelang et net taut.

Dii Oore uut Koale –
en Moer em Jeseet,
op d'r Kopp ne T'silinder – deä öm joot schteet.

Ii-emes reep - „komp' toch ens haier",
doa loach toojevroore deä Bäberiker Waier.

En Letschbaan bös op de angere Sii-e,
un paav op dii Kont –
et dii-en äver net wii-e.

Noch ne laatste Blek
op dii Wengtersonn,
due woard et Tiit öm noa Huus te joan.

*

Der Fernsehapparat

Was haben die Leute nur früher getrieben,
durch die Straßen gelaufen –
oder Briefe geschrieben?

Viel gelesen, Radio gehört, über alles erzählt,
für manch andere Dinge fehlte das Geld.

„Fernseher" gab es schon vor dem Krieg,
Jahre später – stand er auch bei uns auf dem Tisch.

Ein eckiger Kasten – mit Lampen und Drähten,
von hinten verkleidet – stand' er auf vier Füßen.

Vorne ein Scheibe und einen Knopf für den Ton,
Antenne, Kabel, Stecker und Strom.

Acht Uhr – das erste Programm,
mit der „Tagesschau" fing es ja an.

Wie Pfeifenköpfe in Reih' und Glied,
lauerten wir gespannt was sich dort tut.

Dii Flimmerkee-is

Wat habbe dii Lüü maar vroijer jedrii-eve,
duur de Schtroate geloope -
of Breefkes geschrii-eve?

Vüel jeleäse, Radio jehüert, över alles vertält,
vör mänich angere Denge – veälet et Jäld.

„Fernseher" joev et all vör d'r Kreech,
Joare laater – schtongk deä be os op d'r Doisch.

Ne äkije Koos – möt Lämpkes un Dröetsches,
van henge verklaid -
schtongk heä op vaier Püedsches.

Vüere en Schiiv un ne Knoop vüer d'r Toon.
Aantän, Kaabel, Schtäker un Schtroom.

Aach Uur – et ii-erschte Programm,
möt de „Tagesschau" veng et joa aan.

Wii Piifeköpkes en Rai un Jleet,
luurde wör jeschpant wat sech doa deet.

Der Mann in dem Kasten –
bei uns zu Besuch wohl kurzweilig,

er redete sehr schnell –
vielleicht hatte er es eilig?

Oma fragte noch ganz benommen,
wie ist der Kerl in den Kasten gekommen?

Du lernst die Welt kennen - von hier und dort,
Lachen und Weinen – das Leben der Leute vor Ort.

Bilder von Korea, Australien und den Lofoten gezeigt,
nichts vom Beberich – sie haben's vergeigt.

Dann sagten sie noch – wie das Wetter gestern war,
nun gut – das ist uns heute auch längst klar.

Inzwischen gibt es unzählige Programme,
bezahlt durch entsetzlich viel Reklame.

Das Fernsehprogramm sich oft –
Tag und Nacht dreht,
drück' auf den Knopf wo - aus drauf steht.

Deä Minsch en de Koo-es –
woar vandaach be os op Besöök,

heä kalled ärech vlott –
flee-its haad heä et drök?

Oma vrooch noch jonts benomme,
wii ös deä Patruu-en - en deä Koo-es jekomme?

Du lii-er's de Wält känne van hot noa hüe,
Laache un Jrii-ene un et Leäve van de Lüü.

Belder van Korea,
Australii-e un de Lofoote,
maar van et Bäberik - habe'se neks kii-eke loate.

Dann saite se noch – wii dat Weer jistere woar,
joot – dat ös os hüet ooch längs kloar.

Ongerhongk jöev et t'sech Pojramme,
betaalt duur verdölt vüel Reklaame.

Döks löp su'en Flimmerkee-is Daach un Nait,
doi op deä Knoop woa uut drop schtait.

Die Streiterei

Mit ganz kleinen Dingen fängt es an,
den Dialog liefern Hein und Jan.

„Gestern hab' ich den Jakob getroffen",
„das kann nicht sein – du warst wohl besoffen".

„Mit ihm hab' ich noch lange geredet halt",
„nein – der war mit Maria im Hardter Wald".

Hin und her – so hielt sich das dran,
hört es nun auf? – da fing es wieder von vorn an.

Am Ende war es wie es begann,
Hein hatte sich um einen Tag vertan.

Matthias pflegt die Rechthaberei,
er redet dich müde – eins-zwei-drei.

Oft ist es nicht mehr anzuhören,
niemals sollte man sich daran stören.

Heä schträevelt sech jeär – hät emmer Rait,
nu hät heä sech möt de Politsai aanjelait.

Een Woard jöev dat Angere möt de Obrigkeet,
nu sit heä en dor Pot – heä haad joa Rait.

Doa schträevele sech de Lüü ö-röm,
jeder hät waal rait,

alles wüer maar halev ö-sue schlömm,
un hai ooch neks jebrait.

Deä Eene plustert sech jeär op,
un läech doabee ö Ai.

Deä Angere waat joa blos doa drop,
huu-ech leäv dii Schträevelai.

Rait te te krii-eje of Rait habbe,
ös ö-sue wii en et düestere tappe.

*

Die Eisenbahn

So lang ist das noch gar nicht her,
man lief zu Fuß oder saß auf einem Pferd.

Doch was sagt uns der Name „Eisenbahn"?
Da stellen wir uns ganz dumm an.

Kluge Leute dachten darüber nach,
Menschen müssen schnell von hier nach da.

Ein Pferd das läuft sich dumm und dämlich,
und hundert Pferde – das wäre so ähnlich.

Wenn aber ein Pferd einen Wagen zieht,
mit zwei Pferden dies verdreifacht geschieht.

Doch mit einer Pferdebahn
wird es auf Dauer nicht gehen,
die Entwickelung geht weiter – sie bleibt nicht stehen.

Eine Eisenbahn ist wie ein Pferd,
das auf eisernen Schienen fährt.

De Ii-serbaan

Sue lang ös dat noch jaarnet här,
man leep te Voot of soat op ö Peärd.

Wat sät os deä Naam „Ii-serbaan"?
Doa schtälle wör os ens jont's domm aan.

Klooke Lüü dii daite noar,
Minsche möde vlott van hee noa doa.

Ö Peärd dat löpp sech doll un däemlich,
un hongerd Peärd – dat wüer sue äänlich.

Wän äver deä Jaul ne Waarel trök,
un twii-e Peärds träke du sää-es Schtök?

Möt en Peärdsbaan
ös et op duur net jedoan,
de Tiit jeet wiijer – se bliv net schtoan.

En Ii-serbaan ös wii ö Peärd,
dii op Ii-ser Schii-ene vää-ert.

Blas' mal in die Luft – sagte Nachbars Fien'.
Das war die Geburtsstunde der Dampfmaschin'.

Ein Rohr aus Eisen, daran Räder montieren,
ein Dampfrohr nach oben und Kohlen einführen.

Von selbst würde ein Zug nicht halten,
fahren und bremsen – man muss ihn schalten.

Die Eisenbahn pfeift und schnauft obendrein,
fährt der Zug in den Bahnhof hinein.

Es zischt und qualmt in die Menschenmenge,
viele Leute schieben sich durch das Gedränge.

Einsteigen und Türen schließen ist jetzt von Nöten,
man hört schon den Zugführer flöten.

Die Lokomotive zieht an – der Zug fährt ab,
wir sitzen trocken im Wagen – das wäre geschafft.

*

Bloas mech op et Hööt, sait os Nobersch Fii-en,
dat woar de Jebortsschtond van en Dompmaschiin.

Ne bläekere Keätel un Rää-er opträke,
en Piiv op dii Kee-is un Koale aanschtääke.

Van sälefs deet sue'ne T'soch neet halde,
schtop un joo – dat mod'se schalde.

De Ii-serbaan tuut – on jeder hüert hen,
väart deä T'soch en deä Baanhoaf ö-ren.

Et t'sischt un kwalmt van vüere un henge,
ne hoop Minsche loope duur dat Jedränge.

Enschtaije un Düere schleete,
man hüert all däm T'sochfüürer flööte.

Dii Lok träk aan – deä T'soch väart aav,
wör sette drüech – dat wüer jeschaff.

*

Weihnachten

Es dauert nicht mehr lang
und es ist wieder Weihnachten.
Dann wird erzählt über die Zeit,
wie das vor tausenden Jahren gewesen ist.

Allerdings könnte es auch sein,
dass die ganze Geschichte,
mit dem alten und dem neuen Testament
etwas anders war.

Fest steht, dass man im Morgenland früher kulturell,
und besonders mit den unglaublichen Erzählungen
viel weiter war als bei uns.

Die Geschichten aus dem Alten Testament,
hatten die Menschen schon so oft gehört.

Mit Adam der splitternackt durch das Paradies lief,
und beim Nachzählen feststellte,
dass er eine Rippe zu viel hatte.

Halleluja

Et düert net mii-er lang,
un et ös wär Kresmes.
Dann wörd jekallt üewer dii Tiit
wii dat vör duusende Joare waal jewäs ös.

Et küü-es äver ooch sii-en,
dat deä jontse Vertäll
möt dat alde un noie Tästament
ö pinke angersch woar.

Voas schteet, dat se en et Morjelongk,
vroijer kulturel un besongersch möt dii dolle
Vertällerai vüel wiijer woare as be os.

Dii Schtories uut dat alde Tästament
haade de Minsche all sue döks jehüert.

Möt Adam deä pudelnäk duur et Paradies leep,
un be et Noartälle voasschtälde,
dat heä een Repp te vüel haad.

Mit Hilfe der IKEA-Bauanleitung „Billy",
bastelte er sich eine Eva zurecht.

Pech war jedoch, dass Eva in Nachbar's Obstgarten
einen Apfel stahl, der nicht gespritzt war,
wodurch die ganzen Probleme anfingen.

Wo wir noch mit den Knochen
die Nüsse von den Bäumen warfen,
hatte man im Orient bereits moderne Technik.

Ohne eine Schleusenanlage, wäre das jüdische Volk
nicht durch das rote Meer,
in das Land von Milch und Honig gekommen.

Aber wie das so geht,
kamen sie irgendwie mit dem Glauben:
„Leben und Leben lassen", nicht mehr klar.

Propheten und Reformer
mussten sich etwas Neues einfallen lassen.
Moses kletterte auf den Berg Sinai
und hat die Gebote neu ausgelegt und in Stein
geklopft.

Möt Hölep van dii IKEA-Bouwaanlaiding „Billy",
hät heä sech en Eva terait jebastelt.

Päech woar due, dat Eva be deä Nober en dor Bongert
'ne Apel klaude deä neet jeschprits woar,
woamöt deä jontse Uu-esel aanveng.

Woa wör noch möt de Knöek
de Nüü-et van dor Boom jewoorpe habe,
haade dii en d'r Orient al moderne Technik.

T'songer en Schleusenanlaach
wüer dat jüdische Volik neet duur dat ruu-e Meer,
en dat Longk van Melk un Hoonich jekome.

Äver wii dat ö'sue jeet,
koame'se örjesens möt d'r Jlöev:
„Leäve un Leäve loate" neet mii-er kloar.

Profeete un Reformer
muu-ete sech nue jät noi-es envale loate.
Moses klömet op deä Bärech Sinai,
un hät de Jeboote noi uutjelait un en Schteen jeklopp.

Da kam der Obrigkeit gerade recht,
dass Kaiser Augustus
die EDV-Kartei in Galiläa soeben erneuern ließ.

Mit Hilfe der NSA wussten sie,
wo die Eltern von Jesus
sich aufhielten.

Da nun aber die Piloten streikten,
und bei der Bahn eine Oberleitung gerissen war,
konnten sie weder mit dem Flugzeug
noch mit dem Zug kommen.

Hochschwanger musste Maria
nun mit dem Esel per Navi oder Geo-Caching
entlang des Gaza-Streifens
zu der Stadt Davids ziehen.

In den Asylantenheimen
bekam man bereits keinen Platz mehr.

Doa koam däne jraat terait, dat Kaiser Augustus
de EDV-Kartai en Galiläa
jüstemang op Vöerderman brenge leet.

Möt Hölep van de NSA wou'se dii,
woa dii Äldersch van Jesus
aavjeblii-eve woare.

Ömdat nue de Piloote schtraikte,
un be de Baanen Oberlaitung jerii-ete woar,
kuu-ese'se ooch neetmöt et Vleechtüech
of d'r Tsoch kome.

Huu-echschwanger moot Maria
nue op deä E-äsel per Navi of Geo-Casching
lans deä Gaza-Schtreep,
noa dii Schtadt Davids träke.

En et Asülanten-Heem
woar all känne Plaats mii-er te krii-eje.

Aber Josef aus Nazareth; der trotz eines DNA-Tests
nur der Stiefvater sein durfte,
hatte mit seinem Handy
bei einem Bauern auf dem Land,
noch eine Schlafstelle bei Bethlehem gefunden.

Wie das nun mit der natürlichen Geburt ging,
und der Engel Gabriel hereingeflogen kam;
der aber nicht verwandt ist
mit unserem Minister Gabriel,
das weiß allein der heilige Geist.

Dann hörten sie im Deutschlandfunk
von dem verrückten Herodes,
der gegen einen neuen König war.
Sofort machten sie sich auf und davon.

Aber wie gesagt, es ist alles nur eine Erzählung;
so sagt man.

*

Äver Josef uut Nazareth; deä trots DNA-Täst
maar Schteefvaader sii-en dörvet,
haad möt et Handy
be ne Buur op et Longk,
noch en Lodschia be Bethlehem jevonge.

Wii dat nue möt dii natüerliche Jebuurt jejange ös,
on deä Ängel Jabriel ö-renjevloore koam;
deä äver neet verwant ös
möt osere Minister Gabriel,
dat witt alleen d'r hellije Jees.

Due hüerde'se em Doitschlongkfunk
van deä jäke Herodes,
deä teäje ene noie Könich woar.
Alla-hop – meeke se sech wär op de Soke.

Äver wii jesait, et ös alles maar ne Vertäll;
sue saare'se.

*

Nachwort

Wie ihr das schon jewont seid,
bedanke ich mich wieder bei den Leuten oder Dingen
die mitgeholfen haben die Erzählungen zu schreiben.

Das sind: der Clown, der Zirkus, die Musik, Pipo,
der Alte Markt, der Bach, der Schultheiß, der Topf,
Bäcker, die Schreckschraube, Toni, die Schmerzen,
unsere Mutter, der Zahn, Dr. Pillemann, die Steuer, die
Polizei, die Rente, die Kirmes, die Löh, das
Rippengestell, eine Eule, das Gespenst, das Gerede, die
Schuhe, Gertrud, Josefine, Elisabeth und Katharina,
die Kalorien, die Dauerrednerin, die Uhr, der Anstoß,
der dicke Peter, der Lostopf, Harry Potter, Kühlen
Heinrich, die Frühgeburt, die Bundeswehr, die Vespa,
das Doppelgetränk, der Teufel, die drei Könige, die
Eisblumen, der Schneemann, die Wintersonne, der
Fernseher, die Füße, die Pfeifenköpfe, der Mann, die
Lofoten, Hein, Jakob und Matthias, die Obrigkeit, die
Eisenbahn, das Pferd, Fine, der Zugführer, dem
Morgenland, Billy und Eva, die Propheten, die NSA,
der Bauer, Minister Gabriel, dem Deutschlandfunk,
und vielen Anderen.......

Noarwoert

Wii ör dat all jewännt sett,
bedangk ech mech wär be dii Lüü of Denge,
dii mötjeholepe habbe deä Vertäll te schrii-eve.

Dat send: deä Kloon, d'r T'sirkus, de Musik, Pipo, deä Alde Maart, dii Beäk, deä Schooltais, d'r Pott, Bäker, dii Schräkschruuv, Tüü-en, de Piin, ös Mam, deä Tongk, Dr. Pillemann, de Schtüer, de Politsai, de Ränte, de Kermes, de Löh, dat Rebbejeschtäll, en Uel, dat Jeschpäns, deä Traatsch, de Pömps, Trüüs, Fine, Lisbeth un Kathrinchen, de Kalorii-e, dii Baabelschnüs, dii Klok, deä Doi, deä deke Pitter, deä Jäkpot, Harry Potter, Kühlen-Hein, dat Vroijchen, d'r Komis, dii Vespa, dat Köpelche, deä Düüvel, de dree Könije, de I-isbloome deä Schnii-emoan, dii Wengterson, dii Flimmerkee-is, dii Püedsches, dii Piifeköpp, deä Patruu-en, de Lofoote, Hein, Jakob un Mattes, de Obrichkeet, de I-iserbaan, dat Peärd, Fine, deä Tsochfüürer, et Morjelongk, Billy un Evade Profeete, de NSA, deä Buur, Minister Gabriel, däm Doitschlongkfunk un all dii Angere..........

*

Bisher sind folgende Kurzgeschichten in der Serie

„RINTSCHER VERTÄLL"

veröffentlicht worden:

I van deä eene noa deä angere mont

II Em Viierdel

III Verschaie Schtökskes

IV Dit un Dat

V Wat et all jöev

VI rongk öröm